创造双赢的沟通：

话这样说就对了

[美]刘墉 [美]刘轩 著

天津出版传媒集团

天津人民出版社

图书在版编目（CIP）数据

创造双赢的沟通：话这样说就对了 /（美）刘墉，（美）刘轩著 . -- 天津：天津人民出版社，2022.2
ISBN 978-7-201-17978-0

Ⅰ.①创…　Ⅱ.①刘…　②刘…　Ⅲ.①散文集－中国－当代　Ⅳ.①I267

中国版本图书馆 CIP 数据核字 (2021) 第 265908 号

经刘墉、刘轩授权在中国大陆地区独家出版发行

创造双赢的沟通：话这样说就对了
CHUANGZAO SHUANGYING DE GOUTONG:HUA ZHEYANG SHUO JIU DUI LE

出　　版　天津人民出版社
出 版 人　刘　庆
地　　址　天津市和平区西康路 35 号康岳大厦
邮政编码　300051
邮购电话　（022）23332469
电子信箱　reader@tjrmcbs.com

责任编辑　岳　勇
封面设计　王　鑫

制版印刷　北京雁林吉兆印刷有限公司
经　　销　新华书店
开　　本　620 毫米 × 889 毫米　1/16
印　　张　12
字　　数　80 千字
版次印次　2022 年 2 月第 1 版　2022 年 2 月第 1 次印刷
定　　价　30.00 元

这是个沟通的时代，而不是比声音与拳头的时代。透过沟通，冷战时期结束了；透过沟通，人际的冲突能平和地化解。

本书就是以浅近的文字和生动的故事，带您从战略到战术，从“目标、底线”到“身体语言”与“幽默技巧”，逐渐进入沟通的堂奥。

最重要的是，它教你如何找到共同点、折中点，使敌人成为朋友、对手成为伙伴，真正达成没有输家的双赢沟通。

前　言

愿大家的心灵能够沟通

1997年8月，我应统一企业和清华广告公司的邀请，在中国台湾五个城市举行巡回演讲。

虽然过去已经有许多演讲经验，但是面对这种每场一两千听众的场面，我仍然有相当大的心理压力。

为此，我特地回到哈佛，蹲在图书馆两个月，并且复习我过去在大学及研究所的上课笔记，好像写学术论文一样，做一番“重组”和“思辨”的工作。

只是演讲毕竟不是论文发表，我发现修了五年多的心理学，当我面对这个非常普通，甚至可以说每天都要用到的沟通的主题时，竟不知从何入手。

这件事，让我进一步感觉，学理固然是由生活中产生，但是当学者们天天研究理论时，却可能与生活脱了节。

所以在论文里谈学理容易，在演讲场上谈生活反而困难。

我也了解到，为什么许多重要的心理学作品，竟然是作家、社会工作者和记者写出来的。

幸亏我有个作家同时也是“生活家”的父亲。在我最艰苦的时候，和我坐下来，一项项讨论这次演讲的主题。

我把找到的资料，逐条说给他听。他记笔记，好像听我讲课。

他又整理我的资料，并加上他的看法，说给我听，由我打入电脑，成为我的演讲稿，也“扩大”为这本书。

于是，我在哈佛学到的理论，居然一下子与父亲四十多年的生活，结合成一个活生生的东西。那不再是生硬的教条，也不再是平常的生活，而成为真实的见证。

这件事给我很大的启示：学问是活的，不是死的，学校里学的东西绝对要与校外的生活连接。否则理论归理论、生活归生活，再高的学位也没有用。

也正因此，父亲和我把这本书写得像故事书似的，只在重点处提到些理论。希望大家看完这些经过组织的小故事，自己就能产生沟通的兵法。

这些小故事，有我收集的、编写的，更有许多是我父亲提供的。他是个很会说故事的人，许多死板的东西，经他重组，就成了生动的故事。

他甚至笑说，他把好故事都给我了，他还写什么？因此他与我约定：

我必须回馈给他更多的灵感。也就是说，我以后要经常拿我的理论和他的生活“撞击”，产生新的火花。

此外，由于本书将做我演讲之用，所以虽然是两人合作，但在叙述上，以我为第一人称。我常想，如果演讲能够成功，读者又能受益，父亲和我的这段合作，不就是双赢，甚至三赢的沟通吗？

沟通是生活，也是一门大学问，希望这本书，能以最生活的文字，与各位做一番沟通。希望大家能有些领会，使这个社会能沟通得更好，使大家的心灵能够沟通。

刘　轩

目 录

02

三 创造双赢的沟通：话这样说就对了

引　言

松鼠的启示

我住在波士顿。“波士顿”实在应该改名叫“波顿士”，也就是“被冻死”。因为那里到了冬天，真是冷死。虽然不至于需要小便的时候带拐杖，但也冷得让人觉得危险。

我有个朋友，长得很强壮，在最冷的天气还出去跑步，而且没戴帽子。跑了半个钟头，他回来了，上台阶时，不小心在门前摔一跤。爬起来，没有伤筋断骨，正高兴呢，却看见地上有个红红的东西，捡起来——是他的耳朵。

幸亏当时没有狗在旁边，不然，他就成了“独耳人”。可见有多冷，冻得连耳朵掉了都没感觉。

有一天，我回宿舍，也是在最冷的天气，（我可没出去跑步，是下课回家）进门，天哪！屋子里进了小偷，CD掉了一地，书架上的小玩意儿也倒的倒、砸的砸。可是看窗子，窗子居然没有开，想必小偷是从大门进去的。

我赶紧退到门边，注意听里面的动静，搞不好小偷还没走。果然，听见窸窸窣窣的声音，从桌子后面传来。

突然，一个黑影横着飞了出去，原来是只松鼠。

怪不得最近总听见墙壁里有声音，原来松鼠也受不了冷，硬是把墙挖了个洞，钻进我屋子。

我赶紧抓起一个大纸盒，又戴上厚厚的手套，把纸盒举在前面，向松鼠一步步逼近。我想，我可以把它扣住，狠狠地摇，摇昏了再抓住，扔出窗外。

这松鼠开始躲了，居然跟我玩起躲猫猫，它显然是在找进来的洞，却找不到，于是东边窜窜西边窜窜，最后居然一下子跳上我的床。

我的床在屋角，我想，这次它跑不掉了。我可以一下子把它罩住，再拉起下面的床单，把它连盒子一起包起来，连摇都不必了。

我小心地，一步步靠近它，严防它从旁边溜走。它也不断往后退，退到我的枕头上。然后，很大方地撒了一泡尿。

我愣了一下，就这么一下，它又跑了，跑进我的衣柜。

这一下子，我急了。天哪！衣柜里有我一百零一套西装，过两天圣诞舞会要穿的，当然，还有我的白衬衫，刚洗好的。偏偏那天都没挂起来，平平地躺在柜子里。又偏偏，它正坐在我的西装上。

我不敢再往前走了，放下纸盒，向后退，退到桌边，打开抽屉，拿出我最爱吃的花生。我知道，所有的小动物都爱吃中国食物。

我丢了两颗花生进去，没反应，又丢了两颗，而且故意不去看它，让它吃。还是没反应。我干脆坐下来，打开音响，又怕吓到它，再撒泡尿，就把音响也关掉，看书。

隔了大概有半个钟头，听到咔咔的声音，它居然开始吃了。想必它饿坏了，因为外面雪太厚，地面都结了冰，它储存在地下的食物全冻住了。

我又扔了一颗花生到柜子门口，它果然伸着前面两只小手，走出来，捡起花生，放进嘴里。

我继续丢，一颗一颗，把它引到窗边，又打开窗子，在窗台上放了两颗。

它也就一颗一颗吃，嘭一声跳上窗台，衔起一颗花生冲了出去。

我跟着找到它进来的洞，把洞封死。但是每天我都会放些花生、面包到窗子外面，也就看着它站在外面窗台上野餐。好几个女生，听说我养了一只松鼠，还到我的房间来参观呢！

我为什么一开始就说这个故事？

因为这正合我这本书的主题。

可不是吗？

我解决了松鼠的大患，拯救了自己的西装，更避免了正面冲突可能造成的伤害。

松鼠也平平安安地退出我的地盘，得到好吃的花生、面包，成了我的朋友。

而且这成为我吸引女生的法宝，并带给我爱护小动物的名声。

这不是双赢的沟通吗？

今天，这本书所谈的就是“创造双赢的沟通”。我希望像刚才一样，透过许多小故事，很轻松地跟大家谈谈沟通的技巧。

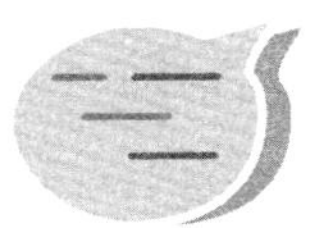

沟通是什么?

沟通像是大禹治水，又好像武侠小说里的打通任督二脉，常常塞的是那里，打通的是这里，下面一通，就全通了。

五个小故事

如果你问美国人，什么是沟通，他可能会答：

“嗬！沟通就是 communication，这个字源是拉丁文的 communicare，表示公开、公众、让大家知道。当然啦，沟通也有 negotiation 的意思，好像讨价还价。又可以说是 dialogue，意思是磋商、对话、谈判……”

结果搞得人糊里糊涂。其实沟通就是沟通，还是中国人造的这个词比较妙，他用水沟的“沟”，以及通畅、通过、疏通的“通”。

“沟通”就好比“通沟”。

政府和人民之间的“管道”不通畅了，有了民怨，要沟通。

公司与职员之间有了鸿沟，引起纠纷，要沟通。

父母与子女之间有了代沟，出现了所谓叛逆的子女，霸道的父母，要沟通。

“沟通”就是“通沟”，把不通的管道打通，让“死水”成为“活水”，彼此能对流，能了解，能交通，能产生共同意识。

沟通像是大禹治水，又好像武侠小说里的打通任督二脉，常常塞的是那里，打通的是这里，下面一通，就全通了。

沟通是如此变化多端，各位请听我说几个故事。

一、聪明的宰相

从前有位很好的宰相，知道广东发生了大水灾，请求皇上让广东那一年不用上缴粮食，也就是免税。

“沟通”就是“通沟”。
把不通的管道打通，让“死水”成为“活水”，
彼此能对流，能了解，能交通，能产生共同意识。

可是皇帝不置可否，只说“让我想想”，就把事情搁下了。

这个宰相每天都要陪皇帝下棋，他每下一步棋，都先用棋子轻轻敲着棋盘，唱着“锵、锵、锵，广东免解粮”。

一天唱，两天唱，有一天皇帝也跟着他敲着棋盘唱：“锵、锵、锵，广东免解粮。”

宰相立刻跪在地上谢主隆恩。因为君无戏言，广东当年真的不用上缴粮食了。

二、跑堂儿的妙招

有一家人上餐馆，其中一个男孩跑前跑后，跳上跳下，还大呼小叫，顽皮得不得了。

先是妈妈哄，接着爸爸劝，同桌的朋友也加入，对小男孩说：“如果你不吵，等下次给你买糖吃。”

只是谁劝都不管用，惹得一屋子的人都转头看他们这桌。

最后跑堂儿走了过来，在小男孩耳朵旁边轻轻说了一句话，小孩居然不吵了。

吃完饭，这桌男主人赏了加倍的小费，并请教侍者到底用了什么妙法，能管住小男孩。

侍者笑了笑说："这很简单，我只是对他说：'如果你再吵，我就把你送进厨房烤。'"

三、红胡子的深情

日本电影《红胡子》。

医生红胡子从妓院救出一个被虐待得精神失常的女孩。红胡子喂她吃药，女孩把药打翻；红胡子又送过一勺，女孩又打翻；红胡子再送过一勺，还是被打翻。

但是当红胡子仍然耐心地再送过去一勺药时，女孩子呆住了，不敢相信世上会有这样关心她的人，于是乖乖地服下了药。

四、小孩子的“磨功”

有个小孩要出去玩，妈妈正在厨房忙，没好气地说：“不准出去！”

“为什么嘛？”小孩问。

“不为什么！不准就是不准！”妈妈说。

“为什么嘛？”小孩又问。

“不为什么！就是不准！”

“为什么嘛？”小孩又问。

“不为什么！”

“为什么嘛？”小孩又问，一遍、两遍、三遍……

妈妈实在受不了了：“好啦，好啦，你出去玩吧！”

五、以“礼”服人

有个美国公司的代表到日本谈生意。

日本人用宾士礼车把美国代表接到豪华旅馆，晚上就在旅馆的宴会厅请客。

第二天，日本人一早就带美国代表四处参观，晚上先吃饭，再去酒廊喝酒。

第三天，日本老板领一堆部属到旅馆来，带着美国代表，浩浩荡荡去相关企业的公司拜会，晚上又由那公司的人请客、喝酒。

第四天，美国代表急了，说：

“我们是不是可以谈生意了？”

“不急嘛！不急嘛！先认识朋友，了解我们公司嘛！”日本老板说，又带他去工厂，由工厂负责人请客喝酒到深夜。

第五天，总算拿出了合约，美国代表向来都很慎重的，但是不知道为什么，这次好像还没有看清楚，就签了字。

好！故事说完了，让我们看看那宰相用了什么沟通的方法。

他是利用特殊情况，化明为暗的沟通。

餐馆侍者用了什么方法？

他是单刀直入，威胁式的沟通。

红胡子用了什么方法？

他不说话，只是用动作、用爱心与耐心做了沟通。

小孩用了什么方法？

他用的是耍赖和磨人的功夫做沟通。

日本公司用了什么方法？

那是日本式，多礼得让你受不了，甚至用多礼来扰乱你，在握手、餐盘和酒杯之间所做的沟通。

这世上沟通的方法太多了，但是整体来说，

要创造双赢的沟通，有几个基本的原则，请看下一章。

沟通兵法第一条

许多人沟通，都犯了“才沟通，就忘了沟通目标”的毛病。如同我们常常吵完架，却忘了当初为什么开始吵。

认清目标与底线

一、认清自己的目标

有个妻子要过生日了，她希望丈夫不要再送花、香水、巧克力或只是请吃顿饭。

她希望得到一颗钻戒。

“今年我过生日，你送我一个钻戒好不好？”她对丈夫说。

“什么？”

“我不要那些花啊、香水啊、巧克力的。没意思，一下子就用完了、吃完了，不如钻戒，可以做个纪念。”

“钻戒，什么时候都可以买。送你花，请你吃饭，多有情调！”

“可是我要钻戒，人家都有钻戒，我就没有，就我贱，没人爱……”

结果，两个人因为生日礼物，居然吵起来了，吵得甚至要离婚。

更妙的是，大吵完，两个人都糊涂了，彼此问：

“我们是为什么吵架啊？”

“我忘了！”太太说。

“我也忘了。”丈夫搔搔头，笑了起来：

“啊！对了！是为了你要颗钻戒。”

再说个相似的故事：

有个太太，想要颗钻戒当生日礼物。但是她没直说，却讲：“亲爱的，今年不要送我生日礼物了，好

沟通往往在要求对方解决你的问题之前，先得为对方考虑，
了解他的底线、他的问题，并且为他解决问题。

不好？”

“为什么？”丈夫诧异地问，“我当然要送。”

“明年也不要送了。”

丈夫眼睛睁得更大了。

“把钱存起来，存多一点，存到后年。”太太不好意思地小声说，“我希望你给我买一个小钻戒……”

“噢！”丈夫说。

结果，你们猜怎么样！

生日那天，她还是得到了礼物——一颗钻戒。

当我们比较前面这两个沟通技巧的时候，可以知道第一例中的妻子太不会说话，她一开始就否定了以前的生日礼物，伤了丈夫的心。

接着她又用别人丈夫送钻戒的事，伤了丈夫的自尊。

最后，她居然否定了夫妻的感情。

何况，这样硬讨的礼物，就算拿到，又有什么意思？

她丈夫的感觉也不好啊！

至于第二例，那太太就聪明多了。她虽然要钻戒，却反着来，先说不要礼物，最后才把目标说出。

因为她说后年才盼有个钻戒，丈夫今年就给她一份惊喜，无论太太或丈夫，感觉都好极了，这不就是双赢的沟通吗？

尤其重要的是，第一例当中想要沟通的人，居然到后来把沟通的目标都忘了。

沟通就像爬山。你先要设定目标，然后向着目标走。有人走大道，有人爬小路，无论你从哪条路上去，都不能忘了方向，忘了目标。

许多人沟通，都犯了“才沟通，就忘了沟通目标”的毛病。如同我们常常吵完架，却忘了当初为什么开始吵。

二、认清对方的目标

“我想要辆车。”十七岁的儿子对老爸说。

“什么？你想开车？你有驾照了吗？”

“有了！学校带我们去考的。”儿子得意地掏出来。

老爸看了看，扔回去。

“开车干什么？你妈不是天天送你吗？”

“我自己开，妈妈就不必送了。我可以帮她去买东西，还可以接送她。”

“那你就开她的车好了。”

“我不要，那是女人开的车。”

“你要男人开的车，我的车够大，够男人吧！让你开。改天我再买一辆。”

“我也不要，我要自己去买。”

老爸跳了起来：“买辆新车？刚开车就要新车？”

“我去买辆二手车。”儿子说。

老爸更火了。

“既然买旧车，为什么不开我的车？”

“我就是要自己去买辆车……”

结果，父子居然吵了起来。

看了以上这个例子，你知道他们父子为什么沟通失败吗？

因为儿子没说出自己的目标，老爸没搞清楚他儿子想要的是怎样的一辆车。

想想，一个十七岁的男孩子，他会想要一部方头方屁股的车吗？你给他全新的，他也不愿意开，宁愿开辆二手的拉风跑车啊！

做父亲的以为儿子要车是为了方便。

儿子要车是为了年轻人耍酷、爱现。

目标没弄清楚，沟通就有了问题。

三、认清自己的底线

当我在印度尼西亚巴厘岛的时候，有一次逛摊子，看上了一个木雕。

“多少钱？”我问。

“两万卢比。”

“八千！”我说。

“天哪！”小贩用手拍着前额，做出一副要晕倒的样子，然后看着我说，“一万五。”

“八千。”我没有表情。

“天哪！”他在原地打了一个转，又转向旁边的摊子，对着那摊子举起手里的木雕喊，“他出八千！天哪！”又对着我说，“最低了，我卖你一万三，结个缘，明天你带朋友来，好不好？”

我笑着耸耸肩，转身走了，因为我口袋里只有九千，就算我出到九千，距离一万三还是差得多。

我才走出去四五步，他在后面大声喊：“一万二，一万二啦！”

我继续走，走到别的摊子上看东西，他还在招手：“你来！你来！我们是朋友，对不对？我算你一万，半卖半送！”

我继续走，走出了那摊贩聚集的地方。

突然一个小孩跑来，拉着我，我好奇地跟他走，原来小孩是那摊贩派来的，为了把我拉回那家店。

“好啦！好啦！我要休息了，就八千啦！”

现在，每次我看到桌子上摆的这个木雕，就想起那个小贩。我常想，我为什么能那么便宜地买到？

因为我坚持了自己的底线。

我也想，他为什么会卖？

想到这个，我又不是多么得意了，因为八千卢比，一定也在他的底线之上，搞不好七千他也卖了。

双向的沟通，有时候就像讨价还价。你不可能让他全部得逞，他也不可能对你完全让步。两方一定先在心里有个最低的底线，再在这个底线上沟通。也只有这样经过反复磋商，双方都有让步，也都有收获的情况下，才能叫作“双赢的沟通”。

四、认清对方的底线

有一天，大概就在2004年7月，我在纽约的电视上看到中国台湾的电视座谈，谈的是“怎么处理公娼”。有人主张把公娼制度完全废除，有人主张继续存在，使人们有个处理性欲的管道，有人主张逐渐让公娼转业。

我记得其中几句话。

有一个人说：“娼妓禁不了，因为你如果问公娼，禁了之后，她要做什么，她八成告诉你，她要转业私娼。”

另一个人说：“最重要的是不容易辅导转业。她们一个月平均赚二十万台币。她们会说，你是不是给我介绍个二十万的工作？如果可以，我就转业。”

记得连主持人都笑着说，他从事电视工作，一个月都没二十万的收入。好像娼妓真难禁绝的样子。

从这件事，我们可以知道，在与这些公娼沟通的过程中，最大的问题，不是谁对谁错，或合法违法，而是那二十万元的收入。

每个谈判，对方都有他坚持的底线。当你要摊贩离开他几十年摆摊的地方时，他会要你安排其他做生意的地方。

当你要拆违建的时候，得先为他安排搬离之后的去处。

当你不能安排好转业或下一个去处的时候，无论你有多好的沟通技巧，都难成功。

所以沟通往往在要求对方解决你的问题之前，先得为对方考虑，了解他的底线、他的问题，并且为他解决问题。

沟通兵法第二条

林肯对朋友笑笑说："如果你知道我这样任她骂，对她有多大疏解的效果，你就会肯定我给她这个机会！"

帮对方脱下铠甲

一、鬼门关前拉一把

“我要跳楼了，我要跳楼了！你们不要过来，你们统统躲开！我要往下跳了！”要自杀的中年男子，站在十六层楼的阳台边缘，把半个身子伸出去，对着下面围观的人喊，又回头对追上楼顶的警察吼：

“你滚！你滚！你拦不住我的，我今天非死不可！”

“我不是要拦你，是来问你为什么要跳楼。”警察说，“你总不能死得不明不白吧？总让我们知道为什么啊！”

“我没明天了！我活不下去了，他们不要我活啊！”男人哭喊着，再转身对着楼下叫，“我要跳了！”

“等等！”警察喊，“你要跳楼，不能把下面的人压死，你总得等我把群众赶开吧。不过我先问你，是谁不要你活？我是警察，如果有坏人逼你，我当然要保护你。”

“不怪他们，不怪他们。”男人挥着双手，“是我欠钱。”

“你欠钱？我也欠钱啊！欠钱就一定得死吗？”警察说，“我相信我欠的绝不比你少。你知道我现在还欠四百多万吗？”

“我欠得比你多，我欠了八百多万啊！”男人坐在阳台边上哭了起来，“八百多万哪！”

“八百多万，也不算多啊！我以前也是欠八百多万，一点一点还，十几年下来，也还了四百万。你的那些债主会希望看到你跳楼，从此一文钱也要不回来，还是会给你时间，让你慢慢还？谁都不能逼你死，难道你要逼死你自己？你的命只值八百多万吗？”

“可是你给我一辈子，我也还不清啊！”

“不，不，不，你一定是没算过，你要不要听我怎么还我的债？”

“你说！”

于是警察一五一十地，把怎么贷款、怎么兼职，又怎么跟债主们沟通，都讲了出来。

“你是说真的？”男人回头看着警察，“看不出，你们警察也这么可怜。”

“你以为这世界上只有你可怜吗？每个人都有可怜的时候……”

没多久，原来要自杀的男子，居然走回阳台，跟着警察下楼了。

二、火爆司机

“前面向右转，到南京东路。”我跳上出租车说。

“右转，塞车塞死。你为什么不走路去？”司机没好气地回头瞪我一眼。

“你讲得对，延吉街确实塞，但是现在塞的是这一头，甚至能一直排队排到市民大道。那一头不大会塞，咱们走走看，如果塞，我们就从旁边穿出去。”停了一秒钟，我笑笑，“相信你也知道菜场旁边那条路，对不对？”

“那条路有时候也堵。”他还是没好气。

“对！碰上对面来辆大车，也堵。只有认倒霉了，唉！有时候真佩服你们开出租车的人，这个工作做久了，修养也就练出来了。”

“不练出来，又能怎样？”

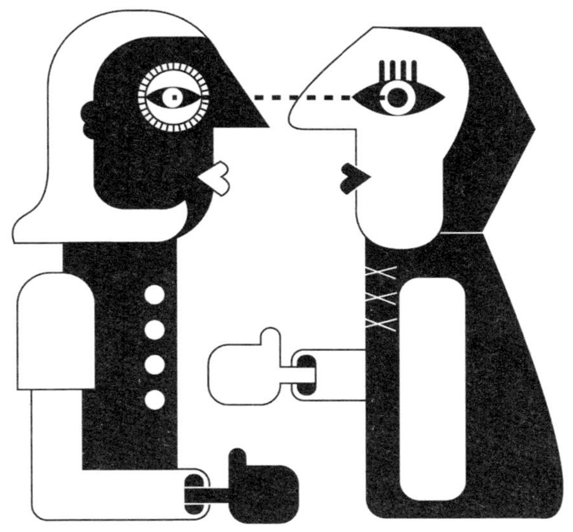

沟通不是辩论，而是尊重对方，并使对方尊重你。

“可不是吗？我现在如果碰上堵车，就看风景，看看路两边有没有新开的店，有没有新的餐馆。”抬头，“你吃晚饭了吗？”

“连中饭都没吃。”

“太辛苦了，等会儿先找个地方吃点东西吧！听说出租车开久了，有时候憋尿，有时候饿肚子，膀胱、肠胃都容易出问题。”

“你是医生吗？”

“我不是。”

“怎么看都像医生。”

“什么地方像？”

“很有学问的样子……”

车子到了南京东路，下车时，我还叮嘱他：

“快去吃点东西吧！”

他则谢了又谢，一副舍不得我走的样子。

三、不平静的女生

（这是一封读者给我的信，在征求她同意后刊出。）

刘轩：

我今天写信，真是不想活了，我告诉你，我活得多么可怜。从小到大，我爸爸瞧不起我。他只爱我弟弟，不爱我。他今天又骂我，只因为我看电视，晚一点到桌上吃饭。我一气，把碗摔在地上回了房间，狠狠把门关上，听他在外面吼。

我妈来敲门，我就不开。他们都很偏心，只因为弟弟功课好，就什么都说弟弟好，要我跟他学。我是我，他是他，我为什么要学他？后来，我听见妈妈在扫地，把我砸在地上的碎片扫起来。我原来想出去帮忙，但是我不要让他们笑，我就不出去。

但是刚才，我出去上厕所的时候，看见桌上还摆了两盘菜和饭，是他们留给我的。我爸爸也没回房间，坐在客厅看报。我没理他，他也没理我，倒是从后面看他，他头发又少了许多，再过两年，大概就秃了。

哈！我居然有个光头的老爸，你信不信，我心里有一点高兴。不过，说实话，我也有点为他伤心，发现他真是老了，他连走路的声音都不一样了。

有时，我很想多看看他，多跟他说说话，但是一想起他偷看我日记那件事，我就生气，就不愿意理他。我当然知道他是关心我，才看我的日记。可是我就生气，从那以后也不再写日记了。

你会不会觉得我很叛逆呢？我想，我的问题就是这样，说出来，好像都不是问题了。请不要为我操心，我知道该怎么对我家人。我想，我还是非常爱他们，他们也是很爱我的。

夜深了，我也饿死了，我要去吃饭菜了，再见！

一个不平静的小女生上

看了前面三个故事，你有什么感触？

你会发现沟通并不难。第一个故事中，警察达成了救人的目标，要跳楼的人重新面对了人生，是双赢的沟通。

它成功在哪里？

成功在警察知道怎么拖延，然后找出问题，为对方分析、解决，化解了危机。

第二个故事中，那原来脾气焦躁的司机，态度为什么有了一百八十度的转变？

因为我从来没否定他的看法，而且一直以体谅的心情看他的世界。他恨堵车、恨这个工作，我以关心的态度去对待他。

谁不感激人家的体谅与关怀呢？

第三个故事中，我不必沟通。那位不平静的小女生，只是把她当天心里的不满说出来，自己就平复了。也可以说，她自己找到了问题，也把原来激动的情绪化解了。

可知，有些沟通要做的只是静静地聆听，让对方把情绪发泄出来，就天下太平了。

据说林肯就很懂得这个道理。

有一天，林肯正跟朋友聊天，林肯的老婆突然怒气冲冲地进来，当着朋友的面，把林肯臭骂一顿，而林肯居然任她骂，没回一句嘴。

然后，当老婆骂够了，走开之后，林肯对朋友笑笑，说："如果你知道我这样任她骂，对她有多大纾解的效果，你就会肯定我给她这个机会。"

人们沟通失败，常因为不了解，对方之所以找麻烦，是对方自己有情绪上的问题。遇到这种状况，你不能跟他讲理，倒不如好好听他说，让他把情绪宣泄出来，表达他的不满。

然后，问题很可能自己解决了。原来骂你的人，很可能才骂完，就向你道歉，说都怪他自己太激动。

相反地，如果你不体谅他，不帮他解决情绪上的不平，还跟他对骂，事情只会愈弄愈糟。

古人有所谓“市怒室色”，意思是在外面受了气，回到屋子里给家人脸色。

许多夫妻，在外面上班，憋了一肚子气，回家，丈夫莫名其妙地发火，太太也不示弱，结果没事变得有事，造成家里不痛快。第二天又把家里的气带到办公室，把家庭、事业全搞砸了。

这时候，要想做双赢的沟通，就要捺下性子，如前面故事的例子，听对方说，为他着想，同情他，也为他解决问题。

他的问题解决了，家庭和谐了，事业顺心了，不就是双赢，甚至三赢的沟通吗？

怪不得有美国的心理学家调查，公司主管们的平均时间分配是：

百分之九的时间在“写”，百分之十六的时间在“读”，百分之三十的时间在“说”，百分之四十五的时间在“听”。

沟通不是辩论，而是尊重对方，并使对方尊重你。如何尊重，请看下一章。

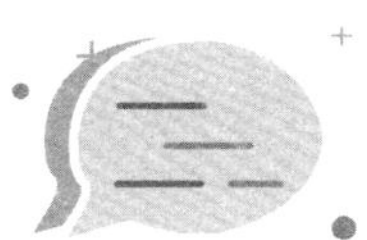

沟通兵法第三条

人都要面子，也都要情。你先把对方的面子给足了，再狠的人，也会为你留点面子。

请坐上座，请喝好茶！

一、无敌大律师

美国有位非常著名的律师——盖瑞·斯宾塞（Gerry Spence）。他因为打赢了丝伍德（Karen Silkwood）核电厂案并担任NBC电视台辛普森（O.J.Simpson）案的法律特派员而出名。令人难以相信的是，他当律师的几十年来，居然没有输过一场刑事官司。

当我第一次听说这件事，心想：美国的刑事案件都有陪审团，他担任辩护律师一定得说服陪审团，如果我是陪审团的一员，知道他有这样的纪录，一定会想跟他挑战一下。他说的，我就不听。

可是为什么几十年来他居然能场场都赢呢？

难道就没有陪审团存心跟他过不去吗？

后来，我读了他写的书《怎样辩论而且每次都赢》（*How to Argue and Win Every Time*）之后，我懂了。

书上说：有一次，他遇到的正是比较有个性的陪审团，就在陪审团要做最后决定，宣布被告有罪或无罪之前，盖瑞·斯宾塞对他们说了个故事：

从前有一老一少。老人很聪明，年轻人总想胜过他。

有一天，年轻人想出个点子，他去抓了一只小鸟，在两只手之间，走到老人面前说：

“你猜，我手上的小鸟是活的还是死的？”

如果老人猜是死的，年轻人会把手张开，让小鸟飞走，表示老人猜错了。相反地，如果老人猜是活的，

双赢的沟通是君子之争，
是平等的讨论，是让对方即使输了，也能输得心服。

年轻人就会偷偷双手用力，把小鸟捏死。那么老人也猜错了。

你们想，老人怎么说？

老人笑笑，说：

“朋友！现在可怜的小鸟在你手里，它是活是死，全由你决定了！”

故事说完，陪审团进去开会，结果出来，盖瑞·斯宾塞又赢了。

请问，他用了什么技巧？

他没有像整个辩护过程中，表现滔滔不绝的辩才，而是在最后把姿势放低，将陪审团高高举起，仿佛告诉大家：

“不错！我是个很有名的律师，我的辩护也很有力。但最后的决定，也就是这个被告的生与死，仍然握在各位的手里啊！”

当我们沟通的时候，无论他是总统，还是小职员；是老人，还是小孩；既然要达到双赢的沟通，就一定要先尊重对方。

如果你不认为对方是你沟通的对象，你就不必去沟通；如果你看不起对方，你则不屑去沟通。

沟通有个非常重要的条件，是对方应该与你“平起平坐”。否则你下命令就好了，何必去沟通呢？

请听我讲几个沟通的小故事。

二、同志辛苦了

六年多前，我跟着父亲到成都郊外去看个古墓。

考察是经过批准的，并有一位领导同行。

车子原本在郊外的道路上飞奔，但是突然停住了，因为前面碰上了塌方。

“真倒霉！”司机没好气狠狠地向后倒车，

“当”一声，更麻烦了，只听轮子空转，车子一动也不动。

大家跳下车看，原来正好撞在一块大石头上。尖尖的石头卡在底盘上，后面两个轮子全悬空了。

看见远处有几个工人，领导说：

“叫他们来帮帮忙，抬一下。”

司机过去了，对着那几个人喊：

“这是某单位的车，我们出了点状况，请各位同志帮帮忙。”

一下子来了四个大汉，使劲地喊着往上抬。只是那旅行车太重，一动也不动。

父亲和我要过去帮忙，领导挥了挥手：

“不必，我来！”

说着过去跟四个人打了招呼，还握了握手，做了自我介绍：“我加入，麻烦几位同志，咱们再试一次。”

就这么妙，车子一下子被轻松地抬离了大石头。

三、老王的牢骚

老王要去找总经理抗争。

“我们虽然是工友，但也是人，怎么能动不动就加班，连个慰问都没有？年终奖金也没几文。”老王出发之前，义愤填膺地对同事说，“我要好好训训那自以为了不得的总经理。”

“我是老王。”老王对总经理的秘书说，“我约好的。”

“是的，是的。总经理在等您，不过不巧，有位同事临时有急件送进去，麻烦您稍等一下。”秘书客气地把老王带到会客室，请老王坐，又堆上一脸笑，“您是喝咖啡还是喝茶？”

“我什么都不喝。”老王小心地坐进大沙发。

“总经理特别交代，如果您喝茶，一定要泡上好的冻顶乌龙。”

“那就茶吧！”

不一会儿，秘书小姐端来了连着托盘的盖碗茶，又送上一碟小点心：“您慢用，总经理马上就来。”

“我是老王。”老王接过茶，抬头盯着秘书小姐，“你没弄错吧！我是工友老王。”

“当然没弄错，你是公司的元老，老同事了，总经理常说你们最辛苦了，一般同事加班到九点，你们得忙到十点，心里实在过意不去。”

正说着，总经理已经大跨步地走出来，跟老王握手：

“听说您有急事？”

“也……也……也，其实也没什么，几位工友同事叫我来看看您……”

不知为什么，老王憋的那一肚子不吐不快的怨气，一下子全不见了。临走，还不断对总经理说：

“您辛苦，您辛苦，大家都辛苦，打扰了！”

看了上面这两个故事，你有什么感想？

第一个故事中，为什么领导过去打招呼握手，并且加入之后，车子很轻松地就被抬起了？

是因为领导的力量真那么大，还是因为工人们觉得受到尊重，又有领导带头，而特别使劲？

打仗时，将军们身先士卒，是否就是这个道理？

第二个故事，总经理还没出现，已经把问题化解了一大半，不是吗？

碰上正激动的老王，与其一见面就不高兴，何不请他坐，让他先冷静一下？

他如果有怨言，觉得不被尊重，何不为他奉上茶点，待为上宾，使他受宠若惊？

人都要面子，也都要情。你先把对方的面子做足了，再狠的人，也会为你留点面子。

更重要的，是当你遇到实力比你差得非常远的对手时，如果你硬是高高在上，由于他没有谈的筹码，往往会流于意气之争，作困兽之斗。

所以大党遇到小党，即使可以一面倒地表决通过，也会先做沟通。能够协议通过的事，何必以大吃小呢？而且当弱小的人知道根本无法产生影响力的时候，就难免采取非常的手段，比如跳上台，砸议事槌、麦克风。

双赢的沟通，绝不是以大吃小，以强凌弱，而是少数服从多数，多数尊重少数。

双赢的沟通是君子之争，是平等的讨论，是让对方即使输了，也能输得心服。

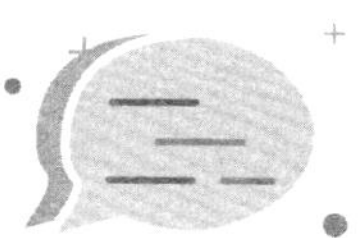

沟通兵法第四条

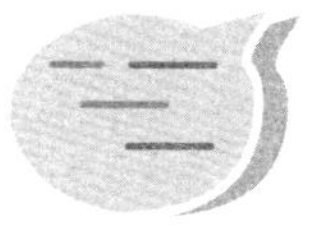

无论多么不好的人，总有他值得被肯定的地方，你愈肯定他，他愈觉得你是一个可以谈的人，他也愈对你有好感。

面子给你，里子给我

一、肯定总在否定前

许多年前父亲对我说过一个真实而且改变他一生的故事。

当他在大学念书的时候，有一次代表学校参加社团办的“社团负责人研习会”。

听这研习会的名字，就知道所有参加者都是社团的负责人，也是各校的精英。

据说研习会中竞争最激烈的是会长的选举。会长不但要领导全体学员、对外发言、带团体活动，而且可能被看重，成为未来全省活动的领头人。

我父亲也参加了会长的竞选，并且跟其他十几位参选者一样，事先准备了竞选的讲稿，列出一大堆“政见”。

抽签上台，他抽到了最后一号，大家都说这是最倒霉的，因为自己的政见，可能全被别人说完了。

果然，每个学校的代表都讲得头头是道，他们确实说出了各种好的点子，也强调了自己的长处。

轮到我父亲发言。

他居然把原来准备的讲稿扔了。空手上台，利用他强记的功夫，把前面十几个人政见的重点一一提出来。

每提一项，他都向着那个人表示敬意，表示他十分钦佩那个人的观点。他甚至说出了每个人的名字。原来，当大家都低头复习自己讲稿的时候，他却十分

否定之前先肯定，这是沟通最重要的原则。

专注地听每个人的政见。

直到最后，他才加以整合，说出他自己的看法，并强调他的能力不比别人强，靠的只是为大家服务的热忱。

投票结果，我父亲当选了。

为什么？他事后分析——

因为他用那一番话证明了自己记忆分析的能力，更因为他使每个人有被尊重的感觉。

想想，如果你参加竞选，政见发表完毕，你自知不如人，一定无法当选，你会希望谁当选？是希望咄咄逼人，气势凌人，把你否定的人当选；还是能够肯定你的看法，对你包容、礼遇的人当选？

当然是后者。

在这社会上，你发现那些能力特强、个性特强、显然占上风的人，常不见得是最好的沟通者。

最好的沟通者，不是最强的否定者、破坏者，而是最好的肯定者、建设者。他能在两个完全相反的看法中，找到一个小小的共同点，然后强调那一点，赞美对方的那一点，再一步步把自己的观点推销出去。

否定之前先肯定，这是沟通最重要的原则。

因为无论多么不好的人，总有他值得被肯定的地方，你愈肯定他，他愈觉得你是一个可以谈的人，他也愈对你有好感。

所以肯定是另一种解除武装的方法。

二、否定总在私下讲

再听我说两个真实故事吧——

我一向都自己洗头，只有剪头发的时候，才由理发师洗。

我去的理发店总要客人躺下来洗头，虽然比较舒服，但是后脑勺儿，也就是后面靠脖子的地方不容易洗干净，我的皮肤又敏感，只要有一点点残留的肥皂就会痒。

有一天，我去理发，才进门，就想起每次都头痒这件事，便对理发师说："我自己洗头都不会痒，每次你们给我洗，第二天就痒。"

不知是不是声音大了，居然好几位理发师异口同声地回我：

"怎么可能？"

而那天我理发的气氛特别差，好像身陷丛林，四处危机的感觉。尤其他们为我刮胡子的时候，我更是紧张得直冒汗，后悔自己说话没技巧。

可不是吗？如果我在洗头时，私下小声对理发师说："麻烦您后面多冲冲，因为我皮肤比较敏感，容易痒。"

事情不是会更好吗？

我的错误在于没有否定之前先肯定，而且没有私下否定，而是公开否定。

在众人的面前否定一个人，常常等于“公开的挑战”，道理很简单——

你没有给对方面子。

相信大家都读过卖油郎的故事。

当神射手陈尧咨正在表演他的绝活的时候，卖油的老人却当着人家的面说：“不过熟练罢了。”

这不是公开的挑战吗？你凭什么说我只不过是熟练？你又有什么了不得的本事？

怪不得神射手要不高兴了。

也就因为那次理发的经验：

有一天，我去纽约长岛的一家餐馆吃饭。

餐馆经理特别介绍了一种叫 Liberty school 的红酒和一盘焗菠菜给我。

我先品了酒，觉得不错。但是跟着尝尝焗菠菜，却难吃得很。

我很想把那菠菜退掉，正要把经理叫来，告诉他菜实在难吃，但是想起洗头那件事，于是我换了个方法——

我请经理过来，对他举着酒杯说：

“您介绍的这种酒真不错！”

“谢谢！是真的吗？”他居然敏感地带着一种特殊的笑说，“如果您不喜欢，我可以给您换一杯。”

“不不不！是真好。”我说，又指指菠菜，小声说，“这个，好像我比较不适应。”

他对我挤了一下眼，二话不说，笑嘻嘻地把菠菜收了回去。

我居然不必争，也不必换，就退了那道菜。

后来我常想，餐厅经理为什么只听我赞美他推荐的酒，就会问我是否有什么不满意。想必在西方社会，许多人都用“先肯定，后否定”的方法，那几乎是一种说话的礼貌，也成了一种暗示。

我有位哈佛同班同学就对我说，他去华尔街上班一年多来的感想是：

“如果老板找我去，一见面先赞美我工作的表现，我就知道他下面要说什么了，八成是批评我的不对。”他又说，“不过在公开的场合，他向来都表示肯定，所有否定的话都是私下说。公司同事犯了大错，公司可以请他走，但是绝不在公众场合责骂他，因为请他走是就事论事，公开责骂就伤人自尊，伤到情面了。”

三、牺牲自己的面子，抢尽对方的里子

有一天我的室友跟他的女朋友吵架，两个人都坚持己见。我室友只好找一个很会沟通的朋友来调停。

那朋友来了，先听我室友说，再听他女朋友说，还没等那女生说完，他就回头对我室友说：

“讲句实在话，是你不对，我怎么听，都是你女朋

友对。”

“什么？”我室友跳起来吼道，“喂！你到底站在哪边啊？我是请你来帮我说话呀！”

“帮你说话，也得说公道话啊！”那调停人居然倒向了女生，把我室友气死了。

然后，他把我室友请了出去，说他要单独跟那女生谈谈。

门关上。过了十几分钟，打开来，又把我室友叫进去。

再过十分钟，妙不妙？两个人居然谈成了。

后来我室友私下对我说，大半他所坚持的东西，他都得到了，只对女生做了小小让步。

“那小子真有本事。”我室友说，“我不能不佩服他。他表面把我骂一顿，说都是我不对，让我女朋友觉得他很公正，然后又私下一点一点对我女朋友分析，其实我也有一些道理。想想，我还不都是因为爱她，才那样坚持。不如可怜我，让我算了。”他得意地说，“没想到，我那固执的女朋友居然让步了。”

我相信，有一天他们结婚，那沟通高手一定会是上宾。

各位想想，那沟通高手不是先让女生赚足了面子，又等她冷静下来之后，用低姿势，让我室友赚足了“里子”吗？

一个有里子，一个有面子，统统有奖，就是双赢的沟通。

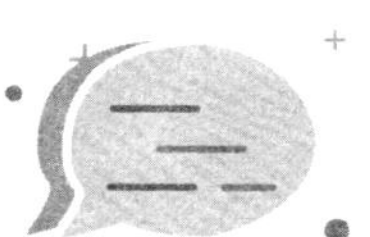

沟通兵法第五条

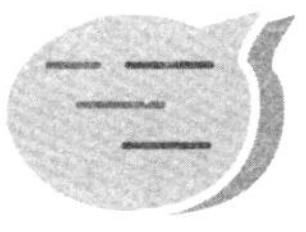

由你操控，由对方决定，使每个原来被动、被沟通的人，变成主动的参与者，甚至决定者。

我操纵，您决定

一、都是您内行，他在您手上

小吴带着客户杰克逛夜市。他自己是从来不到这种地方的，觉得又吵又乱而且卖的都不是什么高级货。

可是客户偏指定要来夜市，说上次来台湾印象最深的就是夜市。

为了生意，只好来了。瞧！左一个地摊，右一个地摊，旁边还在炸臭豆腐，真奇怪，这美国人居然不

由你操控，由对方决定，
使每个原来被动、被沟通的人，变成主动的参与者，甚至决定者。

嫌吵和臭，好像觉得样样都新鲜……

“看！这边来了一位外国朋友！”

突然听见不远处有人大喊，接着一群人朝小吴这边看过来，还让出一条人缝，后面正有个黑脸的大汉，朝着小吴招手呢！

“来！来！来！远客请进。”

小吴正想扭头走，杰克居然愣头愣脑地过去了，小吴只好紧紧跟着。

黑脸的汉子眼睛一亮，朝小吴上下一打量：

“瞧！还有位学者跟着，想必是位留学回来的博士。博士请看！”说着举起一架土里土气的照相机。

“您和这位外国朋友虽然从科学先进的国外回来，但是保证没见过这种超级傻瓜相机。它傻瓜，您聪明！”

四周哄起一片笑声。

“您看！这镜头有多大，一般傻瓜相机，镜头都小小一个，但是好的相机镜头都应该要大，对不对？”

小吴没回答。

“对不对！”大汉又喊了一声，把相机递到小吴面前。小吴想拉杰克转身走，却见杰克把相机接了过来，还问小吴：“他说什么？”

小吴翻译了。杰克直点头。

就听那黑脸大汉高吼一声：“对！外国朋友真厉害，贵姓大名？Name？”居然还冒出句英文。

“杰克！”杰克真不上路，乖乖地答道，又双手把相机递回去。偏偏大汉没接好，相机“啪”一声，掉在了地上，四周群众都叫了出来。

却见大汉没事人似的把相机捡起来，笑道：

“没事！没事！”说着，又失手将相机掉在了地上。

又捡起来，拿给杰克。杰克脸有点变色，大概认为自己闯了祸。

“有没有摔坏？”大汉问，“Broken？”

杰克左看看，右看看，摇摇头。

“没坏！没坏！”大汉叫着把相机传给大家看，“瞧！不仅镜头大，而且摔不坏。”转身面对小吴说，“要是一般相机，早破了，对不对？”

小吴点了点头，他倒真有些诧异，也可以说是有点庆幸，这大汉没耍诈，故意砸了相机，好好敲杰克一笔。

“内行！内行！”大汉一步跨上来，拍了拍小吴，又拍了拍杰克，“两位想必是摄影专家，您家里有几架相机？两架？三架？四架？”

小吴一笑。

“四架！天哪，一定是摄影家，对不对？”大汉把相机交到小吴手上，盯着小吴的眼睛，做出很诚恳的表情：“请摄影家告诉我们，照相机是机身漂亮重要？还是镜头的解析度重要？”

“解析度。”小吴看看相机，“你这个镜头解析度会高吗？”

“内行！内行！”大汉向四周人群扫视了一圈，“碰到内行人了。”接着从口袋里掏出一沓照片，递给小吴和杰克：“请专家检查，是不是都在这儿拍的？对面卖灯的，左边卖臭豆腐的，还有这张，不是我吗？”说着抢过相机，给小吴和杰克拍了一张："明天，各位带朋友来，看看我给这两位拍得怎么样，清楚不清楚？保证又快又清楚。它傻瓜，您聪明！"

大家又都笑了起来，议论纷纷地传阅着照片。

"清楚吧！解析度高吧！这是日本镜头，台湾组装。"大汉又对着杰克比了个手势，"您猜 how much ？"

杰克摇头。

"才一千块。"大汉像是爆炸一样叫道，"您信不信？才一千块。附带皮套、电池、背带，还有胶卷。"接着贴近杰克，再对小吴挤挤眼："远道朋友和摄影专家，算八百，半卖半送。"

小吴把照片又翻了翻，接着翻自己的口袋，递了两张千元票子，大汉倒也真快，一人一袋，早装好了。再偷偷塞回四百块。

两个人挤出人群，还听见大汉正在喊：

"什么？被你们看见了，也要我算八百？好好好，八百就八百，只有在场的各位可以，见者有份，算结个缘！限量生产，卖完为止。”

便听一群人抢着喊：

“我要一架！”

“我要两架！”

请问那个大汉用的是什么推销技巧？

他从头到尾都没说那照相机的优点，而是要小吴和杰克来答。明明是他让你答，可是当你答出来的时候，他又会强调因为你是专家，你说得真对。

他高明在用你自己说服你自己；也用你的自尊与虚荣使你动心；甚至利用你的身份、地位，说服别人，引诱别人跟进。

沟通有个非常重要的技巧，就是把你的点子，变成他的点子。

大家一定碰到过推销员。他们往往一开口就说：“相信您一定知道……”

在公司开会，甚至议会上，大家或许也会听见，有些人明明是提出自己的构想，却一开头便讲："如各位所了解的……"

曾经有心理学家统计，发现卖东西的人，如果先把东西放在顾客手上再介绍，成功率会高得多。

比如卖轮胎的人，很可能把轮胎拿出来，推到顾客手上，让你摸着，再一一介绍那轮胎的优点。而据美国心理学家统计，这样的推销方法，远比指着挂在墙上的轮胎介绍成功率高得多。

有什么比抓在自己手上更实在的呢？

二、大事我做主，小事你做主

一个卖领带的小姐，可以站在柜台后面问你：

"先生！要不要选条领带？"

她也可以改个方法——

“先生！您的领带真漂亮，我这边有条类似的也不错，您看看。”

她可以直接说：

“先生！您来看看领带吧，您喜欢红的，还是蓝的？”

请不要以为这三种问法，没什么不同。

对于一个随便逛逛的人而言，你用第一种问法，八成引来的反应是摇头走开。

这就好比你如果问客人：“您要不要喝咖啡？”

对方客气，很可能说不要。

相对的，如果你换个方法问：“您要咖啡还是茶？”

他则很可能说：“就咖啡吧！”

前面卖领带的三种问法，当然以后两者为佳。因为她不谈一个“买”字，不让你有戒心，而把主动权放在你手上。

更深一层探讨，你会发现，第三种说法，实际是不问你要不要买，已经先假设你要买了。好比丈夫问太太：

“咱们买辆新车吧！你来挑款式。”

天哪！乍听之下，是多么尊重太太的先生。但是各位女士，如果你有一天碰到这种情况，可别昏了头。实际上，你丈夫是先决定买车，再叫你挑款式。买不买新车，这么重大的决定，他可没问太太，是自己一下子决定的。但是谁能否认丈夫这样说既能让太太高兴，又能减少阻力呢？

这就叫作——

大事我做主，小事你做主。

三、人人有份，人人当家

我说个在心理学上非常有名的例子——

妈妈买了一个蛋糕回来，要两个孩子分。

还没切，两个孩子就开始争：

“我要比较大的那块！”

“我要比较大的那块！”

“上次哥哥捡了大的。”

“我比较大，我当然吃大的！”

“哥哥让弟弟，书上这么说的。”

眼看兄弟二人，还没吃就要打起来。

如果你是妈妈，你怎么办？

这个故事里的妈妈很聪明，她把刀放在大孩子手上说：

“你来切，由你弟弟挑。”

于是那哥哥小心翼翼地尽力把蛋糕切的左右相等，又高高兴兴地看弟弟挑走了其中一块。

他们为什么会高兴？这位母亲为什么达到了双赢的沟通？

因为她使两个孩子都有了主动操控的感觉，而没感觉被人支配。

记住！沟通最重要的原则是——

由你操控，由对方决定。使每个原来被动、被沟通的人，变成主动的参与者，甚至决定者。

沟通兵法第六条

身体语言，没有声音，却能引起另一种共鸣，产生另一种触动。

用身体说出真心话

一、小李的故事

自从戴上这只世界名牌的手表，小李就觉得信心大增。尤其是今天,要跟“心仪”已久的王董事长碰面，觉得格外有光彩。

想想，现在商场上的大老板，哪一个不戴名表？虽然那表又大又重，一点也没有现代感。外面还加上一圈花花的、像齿轮一样的装饰，看起来好招眼。

懂得人际沟通的人，

都具有一种特殊的敏锐——从最细微的地方观察对方。

可是戴这名表不就为招眼，就为“秀”，表示老子有钱，够分量吗？

不招眼还有什么意思？

过去每次跟商场的朋友碰面，人家个个举起杯来敬酒，腕上的“满天星”闪闪发亮，只有小李最寒酸，有一阵子他甚至把表藏在口袋里，别人问，就说忘记戴了。

不戴，都比戴个烂表有面子！

当然，今天不一样了，小李走进王董事长办公室时，就举起手看表。

“您下面有急事？”王董事长一面请小李入座，一边也看看手表问小李。王董事长戴的也是这种金表。

“没事，没事。”小李说，又举起表看了看，还故意抖了抖手腕，让那金表链抖出一串声音。接着打开箱子，拿出准备许久的资料，双手伸得长长地递给王董事长，左手尤其伸得长些，露出那只新表。

王董事长一页一页地翻。小李静静地看，想起手上的表，心又怦怦跳，觉得好神气。

“像我这种贫苦出身，才创业三年的小子，有几个戴得起这种表中之王。”

小李又故意理了理西装，伸了伸左手，让金表从袖口露出来，再托着自己的下巴，把手背向外转，使王董事长不时抬起的头，能看到自己的新表。

突然，王董事长不翻了，把资料还给小李，笑笑说：

“好构想！好构想！但是需要时间慢慢商量，我看您也很忙，咱们改天再约吧！”

接着按对讲机，叫秘书进来送客了。

“我不忙，我不忙，您可以慢慢看。”小李举着手里的资料，急着说。

“我看您接下来一定有要事。”王董事长把资料挡了回去，“我也很忙，等大家都空的时候再说吧！”

二、不可随便看手表

看了这个故事，您有什么感想？

小李为什么没能抓住这重要的机会？王董事长为什么一直觉得小李另有急事？

“你既然下面有急事，从进门就猛看手表，何必来谈呢？早早约好的，你如果重视这个约会，就应该先挪出时间，从容地谈，你是不是要赶三点半？怕银行跳票？从一进门，你就已经表现出毛躁不可靠的样子了！何况在我面前，你猛看表，是耍大牌吗？”

如果您是王董事长，会不会这么想？

三、特殊的敏锐

每个在社会上闯久了懂得人际沟通的人，都具有一种特殊的敏锐——从最细微的地方观察对方。

他有没有偷偷看手表，显示时间已到？

他有没有用手摸脖子后面，表示不耐烦？

他会不会在坐着的时候抖腿？表示他的不安？

他握手时，手上是不是又湿又冷，显示他的紧张？

他说话时敢不敢看着我的眼睛，表现他的诚意和自信？

四、身体信息

要知道，你与人沟通的成功与否，不只在于你会不会说话，会不会用言语表达，也在于你身体语言所传递的信息。

我有个同学，曾经在餐馆打工，他说如果有一群客人走进来，只要从门口走到桌子坐下，这么短的时间，他就能看出谁是当天要付账的主人。

“这人可以从头到尾都不怎么说话，他甚至自己不点菜。但是坐在那儿，感觉就不一样。”我的同学说，“如果这群人是分摊付账，你也可以看出谁是主客，或分量最重的人。”

请问，他凭什么判断？

凭对方的身体语言。

五、请人捉刀的故事

《世说新语》中有个很有意思的故事：

魏武帝（曹操）要接见匈奴的使者，曹操认为自己长得矮小，气势上不足以压住匈奴。于是叫威武的崔季圭装扮起来，代替他接见使者。曹操自己则握着一把刀，站在崔季圭座位的旁边。

接风完毕，曹操令派在使者身边的间谍问："您觉得魏王怎么样？"

匈奴使者答道："魏王看起来很文雅，但是站在他旁边拿着刀的人，可真是个英雄啊！"

想想，如果那侍卫硬是顶替国君去谈事情，可能谈得好吗？

所以我们在与人沟通之前，一定得充实自己的信心，使自己感觉有分量。

这信心可以从两方面来充实，一个是你真要"艺高人胆大"，只有准备充足，才能显示自信。另一个是如同许多球员上场之前，会彼此拍拍，打打气。你可以在出门之前，尽量想想自己的长处，鼓励自己，对自己说：

“我办得到的。我相信自己办得到。”

只有你带着这种“我相信自己办得到”的心情出马，才能显示你的力量，也才能让人信服。

六、约定俗成的语言

身体语言除了是一种自然的感觉，在许多高级社交圈也成为“约定俗成的语言”。

像前面故事中的小李，只因为看表，就使王董事长觉得他有急事。如果换成一般人，恐怕不会那么敏感。

这是因为在那个繁忙的圈子，大家看表则表示时间到了。

所以如果你只想知道现在几点，就应该很有技巧地偷偷看表。其中最好的方法，是不看自己的手表，而不经意地看对方手上的表。

你只要稍稍让对方觉察你在看表，他一定会不安。

更严重的是，如果你看表的动作太明显，或次数太多，则是明明白白地表示“我的时间不够了”。

如果你是主人，对方会急着告辞；如果你是客人，对方会急于送客。

七、手的语言

另外一个重要的身体语言是手的位置。

我有一位同学失业。他父亲的朋友听说了，很愿意安排个工作给他，并叫他去谈谈。

我的同学兴奋得很，跑去谈，可是回来之后，久久没有回音。请自己父亲去问，对方说：

“你的儿子是非常不错，我也想好好用他，但是恐怕他并不喜欢那个工作。”

“他说他不喜欢？”那同学的父亲问。

“没有，但是当我跟他讲他的工作时，他把两只手抱在胸前。”

“以手抱胸”表现的是敌意，也是不安。

因为我们身体重要的器官都在前面，最重要的心和肺，更在胸部。所以当我们遇到危险，要自我保护时，一定会抱胸。

自我保护表现的是不安全感，是敌意、是排斥，也是“我对你的看法不能苟同”。

所以当你与一群人说话时，那些以手抱胸的人总会给你一种压迫感。同样当你有一天做老板，向部属训话时，对那些坐在下面以手抱胸的职员，你心里自然会有些不痛快。

就算你没有不痛快，如果你了解身体语言，也应该会想：“他或她一定有自己的想法。”

知道了这一点，当我们与人交谈时，能不时时提醒自己“不可随便抱胸”吗？

八、双手负背的自信

与抱胸相反，当你把双手背在身后的时候，表现的则是自信。

因为你把身体最重要的位置，都不设防地摊在对方前面，你如果没有十足的把握，岂敢这样做？

所以当你做领导人训话时，把手背在身后，最能表现力量。

如果你是晚辈，在听长辈训话的时候，为了表示恭敬，最好把两只手垂在身侧。或在坐着时，放在腿上。你绝对不能抱胸，更不能用手不断摸脖子后面。因为那表现了另一个重要的身体语言——你的脖子痛，实在疲累，不耐烦。

九、脖子不可随便转

谈到脖子，也就讲到头。

请试着做做看：

你坐着，把两手放在一条腿的膝盖上，正面看着你正前方的人。是不是感觉亲切？

现在，如果那个人不是坐在你正前方，而是坐在你左侧方或右侧方。如果你身体完全不动，只把头扭过去看他。你是不是表现了“怀疑、傲慢，姑且听之”的样子？

但是当你把身子也同时转向对方的时候，情况就做了一百八十度的转变，成为：

“我很重视你说的，转过身来看着，要好好听清楚。”

想想，如果你某日跟一群朋友在一起，突然想到个点子，提出来，大家都身体不动，只把头转向你，其中却有一人，把身子转过来听你说，你是不是对那个人特别有好感？

十、手势不可乱比

说话时比手势也是如此。

试试看！

你盯着右前方的人说话，并且用右手比手势，比向前方。它显示的是你在强调自己的话。

但是现在，你如果手的位置不变，还指向右前方，却把头转向左前方。

坐在你左前方的人，会感觉你的手势很大牌。表现了“我不在乎！有什么稀奇！这件事，水到渠成”。

原来坐在右前方的人，只见你的手指向他，面孔却不看他，则感觉被轻视。

由此可知，无论你的手势或身体，都应该跟着你的脸动，跟着你的眼睛走。

十一、眼睛、眼神

提到眼睛，学问就更大了。

我父亲对我说过一件往事。

有一次他去演讲，并在演讲后为读者签名，由于读者非常多，从台子上排到礼堂外面，又有许多人要握手，他为赶时间，不得不一边握，一边签，连头都没抬起来。

事后有读者写信给他，说他握手时没看着读者的眼睛，很可惜。

“不只是可惜！”我父亲说，“是失礼，想想一个人跟你握手时，你的眼睛却在看别的地方，或招呼下一个人，是多么坏的感觉。”

从那以后，他每次跟读者握手，一定看着对方。他说：“那四目交会的一瞬间，感觉真是好极了。”

人很妙，你走在街上，眼睛掠来掠去，可以看上千百人，都没什么特别的感觉。但是突然间，一双眼睛跟你正好对上，就会有一种“我注意到他，他也注意到我了”的感触。

许多年不见的朋友，在街上相遇，也是先眼睛掠过，觉得有点熟，再转回来，盯着彼此的眼睛，才心头一震，大叫：“那不是你吗？没弄错吧？多少年不见了。”

好演员都懂得用眼睛演戏；会说故事的人，都懂得用眼神抓住观众；好的沟通者，都知道诚恳地看着对方，并用身体配合着面对。

请记住！

身体语言，虽然没有声音，却能引起另一种共鸣，产生另一种触动。同样也可能会引起别人的反感，使自己莫名其妙地吃了亏。

善于沟通者，必定是擅长使用身体语言的人。

沟通兵法第七条

两边争执，只要有一边知道先让步，无论让的是真是假，是五块钱，还是五分钟，事情就会变得顺利许多。

先退一步，再往前跳

一、纽约第五街的伎俩

小时候，我父亲常带我去逛纽约曼哈顿的第五街。他倒不一定是要买东西，而是要给我上一课“我不是教你诈”。

第五街上有不少专卖照相器材的商店，他们的对象主要是观光客。你会发现到纽约根本不必去百老汇看戏，单单在第五街的商店，就可以见到世界第一流的演出。

比如当我们进去逛，却不买东西，或是看了一样东西，也问了价钱，却既不还价，也不买的时候，店员会说：

“你们是观光客吗？观光客可以打折。”

如果我们摇头，他会说：

“你们付现款吗？付现款的打折。”

如果又摇头，他又会改口：

“你有信用卡吗？如果是 Visa，可以打折。”

如果我们还是摇头，他还有的说：

“没关系！什么卡都成，只要你现在买，我给你打折！”

你会发现当沟通碰上僵局，或者对方一直不掀牌，让你感觉莫测高深的时候，打破僵局最好的方法就是——我先让一步。

二、聪明的米开朗琪罗

意大利艺术家米开朗琪罗被公认为最伟大的作品，是他的大理石雕刻大卫像。

但各位可知道，当米开朗琪罗刚雕好大卫像的时候，主管这件事的官员跑去看，竟然不满意。

“有什么地方不对吗？”米开朗琪罗问。

“鼻子太大了！”那位官员说。

“是吗？”米开朗琪罗站在雕像前看了看，大叫一声:“可不是吗？鼻子是大了一点，我马上改。”说着就拿起工具爬上架子，叮叮当当地修饰起来。

随着米开朗琪罗的凿刀，掉下好多大理石粉，那官员不得不躲开。

隔一会儿，米开朗琪罗修好了，爬下架子，请那位官员再去检查:

当沟通碰上僵局，

或者对方一直不摊牌，让你感觉莫测高深的时候，

打破僵局最好的方法就是——我先让一步。

“您看，现在可以了吧！”

官员看了看，高兴地说：“是啊！好极了！这样才对啊！”

送走了官员，米开朗琪罗先去洗手，为什么？

因为他刚才只是偷偷抓了一小块大理石和一把石粉，到上面做做样子。

从头到尾，他根本没有改动原来的雕刻。

但是各位想想：

如果米开朗琪罗不这样做，而跟那位官员争，会有这么好的结果吗？

我们要知道，在沟通的过程中，许多事情是抽象的。它不是一斤、一两，有个标准可以遵循，而常常是凭感觉。

所以“感觉”在沟通中非常重要。常常当你主动让一步，对方的感觉好了，问题也就得到解决。

我父亲就曾经对我说过他的一个经验：

二十多年前，当他制作新闻节目《时事论坛》的时候，第一集才录好，有关单位就来审查，说节目批评当年的联考，评得太辣，会影响考生情绪，必须修剪。

“是的，我马上修剪。”我父亲说。

怎么办？来宾上完节目都走了，播出的时间又已经排定，我父亲急得像热锅上的蚂蚁，他赶紧把问题节目的录影带调出来看了一遍。

注意哟！他只是看了一遍，一点也没剪。因为他觉得实在没有必要剪。

然后，跟米开朗琪罗一样，再请有关单位看，看完，居然没有问题了。

不久之后，《时事论坛》还得了金钟奖。

所以我父亲总对我说：“常常只要让一步，事情就都解决了。嘴硬的人，占不了便宜。”

让步能解决问题的例子真是太多了。

大家都知道的《庄子·齐物论》里的故事。有个养猴子的人对猴子说“早上给三个果子，黄昏给四个果子。”猴子都不高兴。但是当养猴子的人改口说：“这样吧！早上给四个，黄昏给三个。”猴子就都开心了。

其实“朝三暮四”与“朝四暮三”有什么分别呢？

连小孩都能用让步的方法跟他们沟通。

比如我妹妹小时候，家里规定她九点钟睡觉。

如果那天正好有客人，她就不愿意睡。你虽然可以强迫她，但她一定会哭，带着眼泪上床。

但是当我母亲说：“好吧！让你多玩一下，多玩五分钟，可以了吧？你自己看着钟，长针到一，就去睡，好不好？”她八成会同意，而且到九点五分，自己就走了。

九点跟九点五分，才五分钟的差异，为什么她就会高兴了呢？

因为她没有让步，是妈妈让了步。她也不是被逼去睡觉，而是自己去睡觉。

这五分钟的让步，不是最成功的沟通吗？

三、先认错的好处

再说一个故事：

我有两个同学在学校谈恋爱，才毕业就结婚了。

那先生长得粗壮，太太则娇小玲珑。

有一天，太太开车，先生坐在旁边。车子由长岛一路开进纽约市。碰上红灯，太太没想到在纽约市红灯是不能右转的，居然方向盘一扭，硬是转了过去。

正有个警察躲在路边，于是被抓个正着。

“罚她！罚她！告诉她不能转，她要转。”那丈夫居然大声对警察喊着。

警察先一愣，接着笑了起来，走到那太太旁边，看了看驾照，手一挥，放他们走了。

为什么？因为那太太已经够可怜了！

夫妻吵架，只要有一方知道先说“对不起”，沟通就成功了一半。

两边争执，只要有一边知道先让步，无论让的是真是假，是五块钱，还是五分钟，事情就会变得顺利许多。

留三分地给别人，常能使彼此都获得更大的天空。

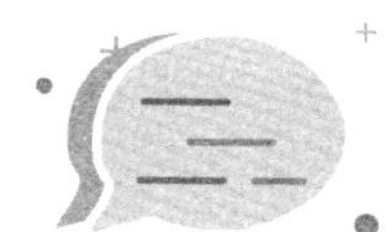

沟通兵法第八条

沟通最好的一步，就是找到交集，找到共同兴趣、共同利益的所在。

原来都是一家人

一、你是我的新朋友

有一天我去机场送朋友。

因为是毕业回家，他带了一大堆行李，除了托运的两口大箱子之外，还随身带了三个大手提袋。

大概东西塞太满了，其中一个袋子裂开一道缝。

“小心东西掉出来！”我对他说。

“咳！都不是什么重要东西。”他笑笑，从那袋子

沟通最重要的技巧，是找出共同点，以及彼此都感兴趣的东西。

里掏出两个大球。那是两个葫芦样的东西，上面绑着羽毛，还有两个小棍子的把手。

“Maracas！”他说，“我以前去里约热内卢买的。”说着摇了摇那两个球，发出沙沙的声音，“是乐器。”沉吟了一下，他把那乐器交给我，“干脆！送给你吧！我就算拿着，到家也一定碎了。”

我拿着那两个 maracas 看着他上了飞机。

才转身，突然有一群人跟我招手。一个又黑又小的男人跑过来，一边跑，一边喊，好像老朋友许久不见的样子。

“你一定才从巴西来，对不对？”他做出一副要拥抱我的样子，“怎么样，那边还凉快吧？”

我愣了一下，摇摇头说：“No！我没去巴西。”

“啊！”他张开双手，“我知道了。你一定是刚从南美旅行回来。”

“我没去南美。”我说。

他也愣了半秒钟，又大笑起来说：

“那你一定是跟我们一样，看！”他指指不远处一群带着大包小包的人，每个人都对我挥手笑着，“我们都从很远的地方来波士顿旅行。”

我笑笑，摇摇头：“抱歉！我不是来旅行，我就住在波士顿。”

“太好了！”他露出一口白牙，拍了我一下：“那么你一定是我的新朋友了。”

突然改成很小声，在我耳边说：

“能不能借我一块五毛钱？”

二、拉近彼此的距离

相信大家一定曾在美国电影里看过，两个陌生人，再不然是在军队里，再不然是在路上偶然相遇。谈谈谈，发现原来是同乡，然后谈到当地的景观、学校、天气、球赛。

“记不记得1986年，大都会队对红袜队那一场？”

“当然记得！最后一局。”

“是啊！怎么想都输定了，居然一个满垒全垒打，那小子叫什么？”

“芮耐！”

“耶！对了！”

突然之间，两个人好像就成了老朋友。

缩小谈话的范围，谈一些只有少数人有共鸣，别人没感觉的东西，正是沟通的好方法。如同刚才例子中，那个南美来的小子用了各种办法，希望跟我拉近距离，到最后，好向我借钱。

三、交集在哪里

人属于群居动物，往大处看，要分国家，分族群；往小处看，要分乡镇，分城市；往更小处看，甚至要分区，分街道。

“啊！你说汉语，你是中国人吗？

“我也是！你从中国台湾来吗？

“太好了，我也是。你住北部还是南部？

“太好了，我也是台北人。你住哪一区？

“怎么那么巧，我以前也住大安区。

“什么？你住过温州街？你记不记得以前巷口有一家面包店，开了很久很久？

“真的啊！那你一定吃过我妈做的面包。你记不记得以前温州街里常聚集一些混蛋的小太保？

“什么？你就是当年的太保？太好了！太好了！那你一定抢过我的钱。不过不用还了！”

听起来虽然是个笑话，但我们不是处处听到人们用这种方法，缩小彼此的距离吗？

缩小距离，等于画起了小圈圈；画起小圈圈，表示有人要被排斥在圈之外。于是竞争的对手减少了，圈内人的共同意识增加了。这诚然有碍于团结，但是使用得好，却能有助于沟通。而这沟通最重要的技巧，是找出共同点，以及彼此都感兴趣的东西。

再说个故事吧！

二、床头吵，床尾和

一对夫妻吵架，晚上睡觉，谁也不理谁。

各位想想，这时候如果有一方要打开僵局，最好谈什么主题？

谈天气？谈银行账户？谈球赛？谈娘家或婆家？谈外面的交际应酬？还是谈子女？

当然是谈子女。

“今天女儿考得好不好？”丈夫先开口了。

“不好！”太太还没好气。

“唉！其实我小时候功课也不好。不过这孩子可是真聪明。我看她比我聪明。”

“希望也比我聪明，将来别挑个牛脾气的老公。”

“噢！对了，她那个拼图拼好了吗？”

“拼好了。”

“真的啊？你有没有帮忙？”

“我哪有闲工夫？”

“都她一个人自己拼的？”

“当然！”

“太厉害了！太厉害了。在哪里？带我看看，我急着想看。”

“自己去看。”

“拜托嘛！我找不到的啦。”

于是太太带着老公推开小孩房门。

“你瞧！女儿睡觉的样子多美！”

“是啊！”

“就像你，希望将来脾气也像你，别让她丈夫欺负了。对不起啊！太太”。

突然之间，拨云雾而睹青天，露出了太阳。

太阳是谁？

是孩子。

夫妻不是血亲，孩子总是血亲啊！两个人共同关心、爱恋的，就是孩子。当然提到孩子好，心里温暖，冰山就容易解冻了。

沟通最好的第一步，就是找到交集，找到共同兴趣，共同利益的所在。回避一切可能产生坏联想的东西，抓住一切能够引发美好感觉的题材。

这一步先走对，就什么都好办了。

沟通兵法第九条

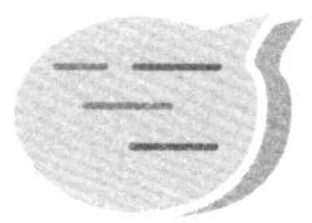

中国人在过年打破东西时说“碎碎平安”，是幽默；在劝架时说“不打不相识”，是幽默。在夫妻吵架时说“床头吵，床尾和”，也是幽默。

幽默常是最好的沟通

若问这世上最好的沟通方法是什么。

答案应该是幽默。

想想，如果一个棘手的问题，能够用幽默的几句话，使大家会心一笑就想通了，不是太高明了吗？

幽默，常常不面对问题，而采取迂回的方式，所以不会造成太尖锐的感觉。幽默也常是突然发生，出自一种机智，反映了幽默者的智慧，而令人叹服。

当人们叹服时，往往就会对你产生好感，也容易接受你的意见，所以在西方社会，幽默感被认为是一种杰出的能力。

幽默，是智慧的灵光，
是一种能够流传的“智慧财产”啊！

让我们透过许多幽默的例子，来谈谈幽默的沟通吧！

一、幽默可以救命

机智的哲学家

英法战争，偏偏法国一名哲学家正到英国旅行，落在了愤怒的英国人手里。

“把他吊死！把他吊死！”英国人喊着。

哲学家被抓起来，带上绞刑台。幸亏他的英国朋友赶来，大叫着：“他是学者，不参加政治，不能把他处死。”

“但他是法国人！”愤怒的那群人吼道，“是法国人就该死。”

两边正争执不下的时候，哲学家举起双手，说：“能不能让我这个要死的人，说几名真心话？”

场面一下子安静了。

“各位英国朋友！”哲学家对着群众鞠了个躬，“你们要惩罚我，只因为我是法国人。但是各位想想，我生为法国人，却不能生为高贵的英国人，这件事，对我的惩罚还不够吗？”

英国人全笑了起来。

哲学家居然被放了。

机智的宰相

皇帝久病，这一天突然病情好转，精神大振。他已经许久不问政事，心中焦急不已，立刻请群臣进殿。

京城的大道上，奔过一辆又一辆马车。群臣都以最快的速度赶去，唯恐慢人一步。大家都要向皇上叩贺龙体康泰。

偏偏宰相最后一个到达。

皇帝火冒三丈。

“朕今天好不容易舒服些，让你们来，你身为宰相，反而迟到，你难道不为朕高兴？你是何居心？”

“请皇上息怒！”宰相居然从容不迫地说。

“皇上，您久病，举国上下都为您忧心，突然看见各官司员的马车，急急忙忙地往宫里来，马儿飞奔得烟尘飞扬，百姓的心里更是猜疑不安了。”趋前一步，恭敬地说，“所以臣特别叫车子慢慢走，做成很从容的样子，一下子，百姓们都由忧转喜，现在举国都要为您龙体大安庆祝了呢！”

原来怒气冲冲的皇帝，突然间气全消了，笑道：

“宰相毕竟是宰相，爱卿的格局真是不凡。朕没看错人哪！”

奉屈原之命

宫里的弄臣得罪了皇上。

“把他扔到河里！”皇上大吼，“不准他上来。”

“扑通”一声，侍卫把弄臣狠狠丢进护城河里，看样子弄臣非死不可了。

咕噜，咕噜，河面冒着水泡，隔一下，弄臣居然浮出来了，往岸上爬。

“谁叫你往上爬？”皇上怒气未消。

“叩禀皇上，君要臣死，臣不敢不死，可是在水底看到屈原，他叫臣快上来。”

“屈原？”皇上一愣，“他说什么？”

弄臣扒着岸边，一边吐着水，一边说：

“他说，他不幸遇到坏主子，所以不得不投江；可是臣这么幸运，有您这样的明主，怎么也下去了呢？所以忠臣快滚。”

皇帝大笑了起来：

“说得好！说得好！快把他拉一来吧！”

二、幽默可以作柔和的反击

何不早说

有位贵妇自恃财大势大，居然要请名指挥家托斯卡尼尼（Toscanini）在她家的花园宴会上演奏。

“可以。”托斯卡尼尼在电话里说，“一万美金。”

“笑话。”贵妇狠狠挂上了电话。

一万美金，在当时真是了不得的数字，托斯卡尼尼显然是喊出一个不可能的数字，反击那位贵妇。

但是才隔两天，贵妇又打电话给托斯卡尼尼。

“一万美金就一万美金。”贵妇存心给托斯卡尼尼难堪：“但是有个条件，你只准演奏，不准跟我的宾客们寒暄。”

“什么？”托斯卡尼尼叫了起来，“您为什么不早说呢？如果能不跟您那些宾客说话，只要五千块就成了！”

交换礼物

第二次世界大战，德国军队虽然不能开入中立的瑞士，但是眼看那么多犹太人跑到瑞士避难，德国的边界指挥官心里实在火大。

有一天，德国兵奉命把一个包装得非常漂亮的礼盒送过边界，呈给瑞士指挥官。

指挥官小心翼翼地打开礼盒，里面装的居然是一大堆马粪。

过了一天。

一位瑞士的士兵，也送了个漂亮的礼盒给德国的指挥官。德国指挥官笑着挥挥手："打开来看看！"

德兵把礼盒打开，居然不是马粪，是一块上好的瑞士奶酪。

"里面还附了张字条。"德兵把字条交给指挥官。上面写着：

"遵照贵国的习俗，我们也奉上敝国最好的产品。"

三、幽默可以作为最好的暗示

一群鬼灵精

"听说老师这次旅行不带牛肉干，要带巧克力。"有人跑进教室，"我看见她向福利社打听价钱呢。"

“完了！完了！”大家都叫了起来，尤其是几个胖妞：“我们最怕巧克力了。”

“是啊！而且我听到福利社老板说的巧克力的价钱，比牛肉干还贵。”打探到消息的女生说。

“可是怎么办？又不好跟老师讲，叫她换牛肉干，多丢人。”

一群女学生聚在一起，总算研究出个办法。

老师进来了。

有人举手：“老师，今年班上旅行，您千万别再带吃的东西了，我们全班那么多人，太破费了。”

又有人举手：“是啊！而且去年老师带的牛肉干，好好吃，我们一辈子都忘不了。这世上没有比老师买的牛肉干更好吃的东西了。”

全班都附和。

“我知道了。”老师笑笑，指指这个，又指指那个，“你们这些鬼灵精。”

脚底抹油

小刘长得仪表堂堂，又代表公司去内地谈生意。

事情谈成了，当晚对方公司的几个漂亮女生居然要一起请小刘吃饭。

从来惧内的小刘心想：

“不妙，那批女生很厉害，我去还是不去？”灵机一动说，“好啊！还是由我请吧！就在我旅馆楼下的餐厅。”

女生们答应了。小刘暗自得意：“留在旅馆里，总比出去人生地不熟的多些把握。”

大家吃得很开心，聊天聊到十点。女生居然意犹未尽，起哄说：

“你请完，该我们请了，我们带你去酒吧。”

“真的啊！”小刘故作兴奋地说，“为什么不早说呢？”接着看看表，笑道，“看样子，我还得专程再来一趟北京了！”

女孩子们倒也聪明，笑笑：“好啊！改天我们去台北请你。”然后，高高兴兴地道别了。

四、幽默常是解除敌意最好的方法

傻人的聪明话

公司里炙手部门的经理出缺。部门里全是一等一的人才，大家争得头破血流。

最后，居然来了空降部队，由别的部门调来的小王担任新的经理。

小王上任那天，大家摩拳擦掌，准备给小王一点颜色。

“凭什么让一个外行人来领导我们。”几个原来争权的主管，居然团结在一起。

小王在就职会上致辞了。他笑着深深一鞠躬：

“在下能到这里来，全要感谢大家。因为这里的能人太多，据说升谁当经理，都是一种不公平。所以按照历史的定则，找我这么一个有傻福的傻人来。”

底下的人哄起一团笑声。小王继续说：

“傻人就像个蜡烛的芯，看起来最亮，又处在蜡烛的最高点、最中心。其实啊！他最惨，他是被烧的，烧得焦黑焦黑的，你们看看我这么瘦，能烧几下啊？”

大家又笑了。

小王再一鞠躬：

“最重要的，是蜡烛芯自己不能烧，全靠四周的蜡油。所以拜托！拜托！各位先生，我全靠你们了，请大家帮忙，别让我给烧焦了！”

一屋人都笑弯了腰，把要修理小王的事全忘了。

五、幽默常能化解僵局

谁是老大

一对双胞胎吵架，眼看就要打起来了。

“为什么吵？为什么吵？”妈妈赶来。

“大家都说他是哥哥，我是弟弟。”弟弟哭着，“他为什么要比我先出来？才五分钟，就做了哥哥。”

“你怎么这么说呢？”妈妈笑笑，“你们两个都在妈妈肚子里住得好好的为什么他先出来。是因为你踢他，他让你，所以他不得不出来啊！”

弟弟高兴了。但是哥哥又火了：

“原来我是被他踢出来的，他害我不得不离开妈妈的肚子。”

“不！这又是你不对了。”妈妈回头安抚哥哥，“你怎么不想想，妈妈肚子里那么好，为什么弟弟还要出来？”

“我不知道！”哥哥说。

“因为他舍不得你，看你出来，他一个人待在里面没意思，所以跟着你出来了。”

两兄弟想想，可不是吗？高兴地拉着手去翻糖罐子找糖吃了。

但是才一会儿，又吵了起来。

“又为什么吵？”妈妈又赶了过去。

“他多拿了一颗。”哥哥指着弟弟说，“我才三颗，他拿了四颗。”

“真的吗？”妈妈叫弟弟张开手，果然有四颗。妈妈赶紧抢走了一颗。弟弟的脸色立刻变红了。

“这颗糖也不是哥哥的，你们一个人三颗，不多也不少，多的这颗是妈妈的。”妈妈说完，嘴一张，吃下了那颗糖。

两兄弟愣一下，想想妈妈真对，不吵了，都笑了。

我是第一人

美国太空人登陆月球，是尼尔·奥尔登·阿姆斯特朗（Neil Alden Armstrong）和巴兹·奥尔德林（Buzz Aldrin）两个人，可是最先踏出第一步，被歌颂为“一个人的一小步，人类的一大步”的，是阿姆斯特朗，不是奥尔德林。

返回地球的记者会上，有人问奥尔德林：

“你会不会觉得很遗憾，由阿姆斯特朗先下去？”

场面突然变得很尴尬，连阿姆斯特朗的表情都很不自然。

奥尔德林居然脸色没变，只是轻松地笑笑：

“你们要知道，当我们回到地球，第一个爬出太空舱的可是我啊！”看看四周上百位记者，“我是由别的星球过来，而且踏上地球的第一个人啊！”

全场的记者都笑了，笑着报以如雷的掌声。

看了这么多幽默的小故事，您有什么感想？

幽默可以救命，可以还击，可以交友，可以解围。

中国人在过年打破东西时说“碎碎平安”，是幽默；在劝架时说“不打不相识”，是幽默；在夫妻吵架时说“床头吵，床尾和”，也是幽默。

但是这些已经用了几百年，甚至上千年的句子，不是曾为我们缓和许多矛盾吗？

我们能不佩服早发明那些句子的人吗？

幽默，是智慧的灵光，是一种能够流传的“智慧财产”啊！

沟通兵法第十条

如果你要沟通，最好找个没人打扰的环境，

使你能够一次把话说清楚，而不是断断续续。

要亲吻？请找没人的地方

一、有准，有信心

小时候，常有人到家里向我父亲买画。

每次收藏家来之前，父亲都会先把他满意的作品拿出来，挂在墙上，或放在画架上。对于比较特殊的作品，他甚至会架起两盏投光灯，等收藏家一到，就把灯打开。

“不要等人来了，才去翻箱倒柜地找画，让人觉得你有一大堆，根本不值钱。而且同一张画，在不同的灯光下，感觉完全不一样。”父亲对我说，“卖画就像女儿相亲，你自己先要爱她，显示她的高贵。不要等客人来了，才呼前喊后地叫女儿进去换衣服。”

沟通的道理也一样，你在沟通之前，先要把资料准备好，不能散乱地一大堆，致电时候才东翻西翻。

你甚至得把重要的论点和数字完全背好，让对方觉得你下了功夫研究，提出的资料也可信。

你自己更要有十足的信心。这就好比卖瓜的人，自己都不觉得瓜甜，你怎么说服别人买你的瓜？人们很妙，当你没有自信，自己都不肯定自己的时候，对方可以直觉感受到。所以要别人信你的道理之前，你自己先要表现虔诚的信心。

更重要的是，你要选择沟通的好时机、好地点，所谓“天时地利人和”，天时、地利之后，人和就容易了。

二、掌握时间，把握机会

中国台湾有句俗话叫“吃饭皇帝大”。

相信大家都有经验，你正吃饭，突然有人来电话，不是什么了不得的急事，却一下子说不完，你碍于情面，又不好不敷衍。

敷衍，当然不会专心，也不容易谈成什么大事。

所以人们都该知道，要找人沟通，最坏的时间，就是当对方正在用餐，或正要去吃饭的时候。

肚子饿的时候，脾气坏，这是猎食性动物的天性。因为脾气坏，凶残暴力，才能有更大的冲动去猎杀。

所以无论什么事，都最好别在对方肚子饿的时候去沟通。

对于那些在公司餐厅包饭的人，你更绝不能在吃饭时间去沟通。因为如果他是主管，下面的人可能会

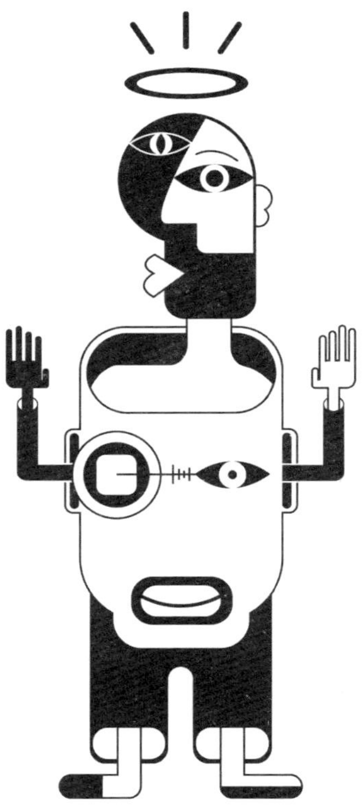

要别人信你的道理之前，你自己先要表现虔诚的信心。

等着他，你在电话这头以为能好好地、慢慢地谈，岂知道，他那头正有一屋子同事盯着他看。结果，他一定草草挂了你的电话。

如果他是小职员，就更麻烦了。因为没有人会等他，等他挂下电话，桌上的菜早没了。

所以在吃饭时沟通，可以！你可以请对方吃饭，吃完了再谈。

而且要记住，无论你心里有多急，也得等到倒上咖啡、端上甜点，再谈大事。千万别在他正细细品尝你花上万元请的“三头鲍”的时候，就开口说：“咱们那笔生意的款子……”

三、沟通也可以找“非常的时机”

我们有同学，才毕业就进了一家人人羡慕的大公司。原因是，别人连地级主管都见不到，他却直接见到大老板。他也不是靠关系，而是在打了几次电话都找不到门路之后，最后冒险一搏，在下班之后，晚上九点，又试着拔了个电话。偏偏那么巧，秘书不在，大老板居然自己接听了电话。

那大老板先愣了一下，又觉得很有意思，想这年轻人可真会钻，这么晚还不死心。居然叫他第二天去谈一谈。

这一谈，大老板居然用他做了“特别助理”。

我们要知道，大人好惹，小鬼难缠。

我最近就有个实际的体验：

母亲过生日，我去波士顿的名店，想买个皮包给她。看到一个不错的，正打九折，就买了，付完钱，拿着皮包下楼，看见好多其他有意思的东西，便把皮包交给柜台，请他们代我看一下，好让我去逛逛别的店。

哪知道，等我逛回来，那皮包居然不见了。东翻西翻，找不到，显然是被人偷走了。

那是付了钱的东西，你连着包装拿出去，当然不会有人怀疑。

店员脸也绿了。因为那样式的皮包，全公司只有一件。

我开始跟店员理论，他说那不是他的责任，因为我已经付了钱，就是我的东西，应该由我负责。吵到最后，我总算拿回了钱，又挑了一个皮包。

但是当我要求他们打折的时候，却被拒绝了。

第二天，我心有不甘，直接找到他们总经理那里。

各位相信吗？我用半价买下了那个 Ferragamo 的名牌包。

所以如果你是小人物，根本“打不进去”的时候，可以考虑找非常的时间，用非常的手段。你的勇气常会被那些极可能跟你一样“由小人物奋斗起家”的大老板欣赏，于是在你的身上，他看到自己的影子，你的沟通成功了。

他也可能为了给下属一个教训，也给顾客一个好印象，甚至为了显示他的权威，断然做主，答应你的要求，如同那皮包公司的老板，一句话，我就拿到了半价的优待。

四、寻找一个沟通的好环境

如果你很爱慕一个女孩子，你觉得她对你也蛮有好感，有一天出游，你想要吻她，你会找个安静无人的地方，还是在交通繁忙的大马路上？

当然是安静无人的地方。

如果四周有人走来走去，就算原本她愿意，百分之九十也会不愿意，对不对？

再举个例子：

如果你回家，发现丈夫正在骂孩子，就算你觉得他骂得不对，你是先把孩子支开，等丈夫情绪稍缓和之后再说他，还是当着孩子的面，说老公不对？

假使你用了后一个方法，只怕孩子不但挨骂，还更惨，得挨打。

很简单！你当着孩子的面，伤了“老爸的面子”。老爸岂能没尊严？“好！你护短，我就修理他，都是你这老太婆惯坏的，我连你一起修理！”

沟通的客观情况是多么重要啊！

正因此，如果你要沟通，最好找个没人打扰的环境，使你能够一次把话说清楚，而不是断断续续。

有些国家领袖谈大事，会找个幽静的别墅，或风景胜地，大饭店的顶楼会议室，而不是在某一方的办公室，常常就是这个原因。

环境优美，心情宁静，没有打扰，远离尘嚣，就是沟通的好条件。

甚至当你平常打电话，跟朋友沟通的时候，也最好先问他：“有没有十分钟？如果不方便，我等到下次再拨。”

对方原来听你说有事要谈，心里七上八下，正暗自想:“完了！不晓得要讲多久。”而你先说只要十分钟，则可以减少他的不安，更能确定沟通的诚意。

先问他时间，表示对他的尊重，也表示你沟通的“严肃性”，绝对可以给对方好的印象，有助于沟通的成功。

五、再试一次就成功

我认识一位著名的演讲家，他的演讲不但场场爆满，而且都在七八个小时之前就开始排队。

只是这两年演讲家因为身体不好，而不再出马。任什么人出面，出什么价码，都请不动。

最近突然有个组织宣布他们请到了这位演讲家，而且时间定在几天之后。

演讲会成了大新闻，也非常成功。许多费尽唇舌，请不动这位演讲家的人，都表示不解，纷纷向主办单位打听，到底用了什么关系。

“没用什么关系，大概走运吧！”主办人说。

有一天，我遇到那位演讲家，也好奇地问原因。

“没什么，只是碰巧。”他笑笑说，“你要知道我的病时好时坏，所以对于那些前半年就邀请的人，我因为不敢保证到时候身体状况如何，而不敢答应。这次碰到的团体是前十天联络的，正好我那阵子健康情况不错，心情也好，就同意了。”

由这件事可以知道，许多人的“为与不为”，要看他的身体状况和心情，遇到这种人，你试着不断沟通，常能获得意外的成功。

再说个故事：

有一阵子，我的车坏了，家又住得偏僻，所以每次有急事，等不及搭公车，我都得打电话叫出租车。

有一天，我急着要去曼哈顿，打电话到车行。对方说没有车。我请他们用无线电叫叫看，答案也是“半辆车都没有”。

隔了十分钟，我又打电话去，还说没有，而且告诉我：“附近几十英里内都没有我们的空车。”

又隔了五分钟，我还是不死心，再打电话去，对方一听我的声音，居然说有了，马上就到。

“奇怪，为什么我前五分钟打电话，还说没车，后五分钟就有了呢？”我上车之后好奇地问司机。

他笑笑：“其实我们总有辆空车待命，碰到真正紧急的客人，才开出来。你连着打了三次电话，一定有急事，所以我就来了。”

由此可知，“三顾茅庐”有多么重要。

许多政界的领导者，要请那下野已久，“绝意仕途”的人再出马，都是一请再请。那被请的人也就在“盛情难却”之下，再度披挂上阵了。许多电话里谈不拢的事，当你亲自出马，当面拜会之后，对方因为“见面三分情”，就谈成了。许多广告，你一登再登，起初没人动心，却可能在看久了之后，终于开始好奇，开始动摇，于是你原本“门可罗雀”，突然间又嘉客盈门。

沟通绝不能一次不成功就放弃。

沟通要百折不挠，一次又一次、不断地沟通。

沟通的最高指导原则是：

没有不能沟通的事。

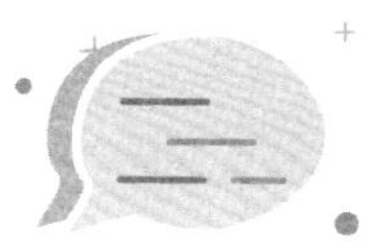

沟通的最高指导原则

如果没有妥协，就没有商谈。如果真有绝对不能更改的事，就没有所谓外交。

没有不能沟通的事

前面各章讲了许多沟通的兵法，现在到了结尾，我要再说几个有意思的故事。

一、大家都是老板

有间工厂要倒闭了，几百个工人即将面临失业，不但拿不到遣散费，连工厂欠的工资也分不到几文。

工人们齐聚在厂长办公室的门口抗议，要工厂拿出解决的办法。

我们最好的沟通，常是最公平的沟通。

“工厂就在大家的眼前。”厂长说，“你们都看到了，也看到过去两年生产量的低落。现在把工厂拍卖，只怕都没人买。就算卖掉，也要先还银行贷款，大家也分不到几文。”

怎么办？是丢了鸡蛋？把厂长绑起来？把厂里的电脑、空调抢回家？把工厂烧了泄愤，然后被警方拍照搜证之后去坐牢？还是冷静善后？

厂长用了聪明的方法。他说：

“工厂是大家的。工厂欠大家钱，人人都是老板。现在我们组成专案委员会，把工厂按比例分给大家，大家都是股东，都是老板。少拿点薪水，努力工作，撑几个月看看。赚了，是大家的。赔了，再关门也不迟。”

工人们想想，现在把工厂砸了，什么也拿不到，不如自己当老板，继续做做看。

半年下来，因为人人觉得是在为自己做事，特别卖命，居然让工厂起死回生，愈来愈兴旺，不但还了债，而且扩张成更大的工厂。

二、独家买卖

河水暴涨，把两岸都淹了。

上游有个富翁，逃避不及，被水冲了下去。

富翁的尸体被捞起来。捞到的人说：

“好好敲那孝子一记，这是独家的买卖，他老爸的尸体只有我们有，别人没有。”

富翁的儿子又伤心，又慌乱，找到了师爷：

“请师爷去沟通一下，能不能少要几文？”

师爷一笑：“您放心，他们要一万，我保证五千成交。”

“真的吗？”

“当然！”

没多久，师爷果然以半价带回了富翁的尸体。

“您怎么办到的？”孝子问。

“这容易。”师爷说，“我告诉他们：‘正如你们所说，这是独家的买卖，这尸体只有一个买主，只有我们要，别人不会要。’”

三、轮流坐上座

为期两周的旅行团，却从第一天就有团员产生摩擦。

“为什么那对老家伙总坐在最前面，又舒服，又看得清楚，又不必忍受后面厕所的臭味？”坐在巴士后面的人抗议。

“因为他们比较老，我们要敬老。”导游说。

“老人已经看了七八十年，理当让年轻人多看看，不能倚老卖老。”后面人又喊。

导游没办法，于是改成谁先上车，谁先坐。

结果大家连饭都没吃完，就急着往车上冲，而且好几次在车门推挤，差点打起来。

导游又改为抽签。

偏偏某些人总抽到最好的座位，如此还是有怨言。

最后，司机发言了：

“我们何不轮着坐，这次右边坐第一排的，下次坐第二排；这次坐第二排的下次坐第三排；这次坐最后一排的往前移；那对老人始终坐左边中排不移动。于是一整车的座位成了圆圈，大家轮着坐，总会坐到前面，也总会坐到后面。”

他们有了个非常快乐的旅行。

四、两全其美的妙法

两个人在图书馆看书，居然吵了起来。

“什么事？什么事？”管理员跑去问。

“我要开窗！”一人说，“我需要新鲜空气。”

“我不要开窗。”另一人说，“我怕冷。”

“开一半窗，好不好？”管理员问。

“不好！”两个人异口同声地说。

“你们其中一位到隔壁那间去看书，好不好？”管理员说，“那边没人。”

“也不好！”

管理员没办法了，请来图书馆主任。

“这简单！”主任说，“空气确实应该流通，也确实不能直吹冷风。”接着走到隔壁一间，拉开了窗子。

“感觉新鲜空气了吗？”主任问。

“有了。”那要开窗的人笑着说。

“不会冷吧？”主任又问另一人。

“不会”。不愿开窗的人也笑了。

五、各进一步，各退一步

1978 年，世界最紧张的焦点是在埃及与以色列之间的西奈半岛（Sinai Peninsula）。这块地区是以色列军队在1967年的“六日战争”时，从埃及手上夺下来的。

十一年后，双方终于能够面对面坐下来开始谈判。但是埃及坚持要以色列归还整个半岛地区，以色列说办不到。

有人问双方为什么坚持他们的立场。

埃及说：“这块土地在法老王时代就属于我们。它是我们的文化、我们的自尊！”

以色列说：“放弃西奈就如同放弃我们的盔甲。如果埃及拥有西奈，他们的坦克车随时都可以打过来！”

眼看事情要僵，甚至可能又引发战火，门突然打开，双方和平地走出来了！最后这个难题是如何解决的呢？

埃及总统萨达特回去对他的人民说：“整个半岛都还给我们了！”

以色列的总理贝京则对人的民众说：“不错，但埃及同意把西奈的大部分划为‘非军事区’。所以沙子上虽然插着他们的国旗，却不会有他们的坦克！”

这五个故事可以说包括了我前面所说的各种“沟通的原则”。

想想！如果第一个故事里的厂长跟员工正面冲突起来，不是两败俱伤吗？

他很聪明，知道共同意识，同舟共济的道理。敞开自己的胸怀，坦然面对大家，说出自己的问题，也是大家的问题，最后把工厂分给大家，由大家决定大家的前途，也把原来抗议的群众变成共患难的朋友。

所以他做到了双赢的沟通。

第二个故事里，下游人想，这富翁的尸体只有我有。上游的人想，这尸体是我家的，只有我要。两边如果都就自己的“本位”去想，互不让的结果是尸体腐烂，谁也没好处，徒然让别人看笑话。

于是师爷出面，分析了事情，两边各让一步。下游的人捞尸有功，得了赏；孝子也尽了儿子的责任，安葬了父亲。

师爷做了双赢的沟通。

第三个故事告诉我们什么？

告诉我们最好的沟通，常是最公平的沟通，而不是举着道学的招牌，或透过威权的分配，更不是诉诸暴力的手段。

“假道学”常不如“竞争”;“竞争”常不如“法治”。

游览车上的人，都是人；是人，就该人人平等。每次换个位子，前前后后全轮到了，谁也不吃亏。

那位聪明的司机，不是做了双赢的沟通吗？（这是西方旅行团常用的方法，值得国人借荐。）

第四个故事是避免正面冲突。

那位图书馆的主任，尊重了两个人的看法，没有满足任何一方的坚持，而是平衡了双方的坚持。

窗子开了，虽不是开在你旁边，但你有了新鲜空气，也有面子。对另一人而言，因为你怕冷，我没有开你身边的窗子，而去开隔壁的，你不是也赢了吗？

于是主任做了双赢的沟通。

第五个故事是找出双方真正的问题。

以色列唯恐埃及通过西奈半岛攻击自己，它关注的是“国家安全”。

埃及因为输了战争，不愿再失去祖先留下的土地，它要求的是“国家自尊”。

沟通者最后用“设立非军事区”的办法，满足了双方，也达到了双赢。

这是沟通的时代

各位朋友：

外交界的人常说，如果没有妥协，就没有商谈。如果真有绝对不能更改的事，就没有所谓外交。

透过沟通，敌人可以变成朋友；有出入的解释，可以变成“各自表述”；有争执的土地可以“共同治理”；被割让的土地，可以物归原主。

这是个沟通的时代。两国的争端，不应该用打仗解决；夫妻离婚，不必破口大骂；今天生意谈不拢，明天来可能合作；议会里水火不容，沟通后可以“共同修法”。

只要我们有诚心、有爱心、有耐心，肯让对方坐上座，肯让自己先退一步，肯把对方的面子做足，肯在自己底线上有最大的弹性，而且要知道这世界不是全属于我，也不可能只有我是对的，应该利益共享，团结共荣。

这世界必能更和谐，这社会必能更进步。